Galápagos Girl
Galapagueña

by/por Marsha Diane Arnold

illustrated by/ilustrado por Angela Dominguez

translated by/traducido por Adriana Domínguez

Children's Book Press
an imprint of Lee & Low Books Inc.
New York

For graciously contributing their knowledge of the Galápagos, the author would like to thank
the following people associated with the Charles Darwin Foundation:
Gustavo Jiménez-Uzcátegui, DVM; Daniel Unda García; Birgit Fessl, PhD; and Paola Díaz Freire,
as well as Dr. Luis Ortiz-Catedral, Massey University, and Linda J. Cayot, PhD, Galapagos Conservancy.
Special thanks to Valentina Cruz Bedon for sharing her story.

A portion of the profits from this book will be donated to the Charles Darwin Foundation
and to Valentina's first school on Floreana, Amazonas, the most isolated school of the Galápagos.

Una porción de las ganancias de este libro será donada a la Fundación Charles Darwin y a la primera
escuela de Valentina en Floreana, llamada Amazonas, que es la escuela más remota de Galápagos.

Children's Book Press, an imprint of LEE & LOW BOOKS Inc.,
95 Madison Avenue, New York, NY 10016
leeandlow.com
Translated by Adriana Domínguez
Edited by Jessica V. Echeverria
Designed by Ashley Halsey
Book production by The Kids at Our House
The text is set in Billy
The illustrations are rendered in pencil on illustration board with digital color
Manufactured in China by Toppan
10 9 8 7 6 5 4 3 2 1
First Edition

Library of Congress Cataloging-in-Publication Data
Names: Arnold, Marsha Diane. | Dominguez, Angela, illustrator. | Dominguez, Adriana, translator.
Title: Galapagos girl = Galapagena / by Marsha Diane Arnold; illustrated by Angela Dominguez;
translated by Adriana Dominguez. Description: First edition. |
New York: Children's Book Press, an imprint of Lee & Low Books, [2018] |
Summary: "A bilingual story, inspired by the childhood of Valentina Cruz, whose family was one of
the first permanent inhabitants of the Galapagos islands. Valentina makes a promise to protect the
islands and her animal friends"—Provided by publisher. | Includes bibliographical references.
Identifiers: LCCN 2018014937 | ISBN 9780892394135 (hardback)
Subjects: LCSH: Cruz, Valentina, 1971—Childhood and youth—Juvenile
fiction. | CYAC: Cruz, Valentina, 1971—Childhood and youth—Fiction. |
Animals—Galapagos Islands—Fiction. | Wildlife conservation—Fiction. |
Galapagos Islands—Fiction. | Spanish language materials—Bilingual.
Classification: LCC PZ73 .A6846 2018 | DDC [E]—dc23
LC record available at https://lccn.loc.gov/2018014937

For Valentina Cruz Bedon, who taught me there,
and Jean Gallagher, who took me there
Para Valentina Cruz Bedón, quien me educó allí,
y para Jean Gallagher, quien me llevó allí
—M.A.D.

To K.W. and Mom
Para K.W. y mi mamá
—A.D.

Valentina was born on an island formed by fire,
surrounded by blue-green sea.
Sea lions splashed their greetings.
Blue-footed boobies danced.
Iguanas saluted from a lava bridge.
"Welcome, Galápagos girl," they seemed to say.
"Bienvenida, galapagueña," echoed Papá, Mamá,
and eleven brothers and sisters.

Valentina nació en una isla formada por el fuego
y rodeada de un mar azul-turquesa.
Los lobos marinos le chapotearon la bienvenida.
Los piqueros de patas azules le danzaron.
Las iguanas la saludaron desde un puente de lava.
"Bienvenida, galapagueña", parecían decirle.
—Bienvenida, niña de Galápagos —repitieron su papá,
su mamá y sus once hermanos y hermanas.

On Floreana, one of many Galápagos islands,

Valentina spent her days exploring.

She scampered over lava rocks with Sally Lightfoot crabs.

En Floreana, una de las muchas islas de Galápagos,

Valentina pasaba sus días explorando.

Correteaba por la lava endurecida con las zapayas.

She swam with manta rays, dolphins, and,
here on the warm equator, a surprise . . .

Nadaba con las mantarrayas, los delfines
y aquí, en el cálido ecuador, una sorpresa:

penguins!

¡pingüinos!

Valentina watched pink flamingos
wading near mangroves.

Valentina observaba los flamencos rosados
vadear cerca de los manglares.

Blue butterflies fluttering
on the breeze.

Las mariposas aletear en la brisa.

Red-and-green iguanas sneezing
salt like tiny geysers.

Las iguanas rojas y verdes
estornudar sal,
cual diminutos géiseres.

She listened to waves crashing like cymbals against rocks.

Albatross trumpeting above steep cliffs.

Finches trilling piccolo notes.

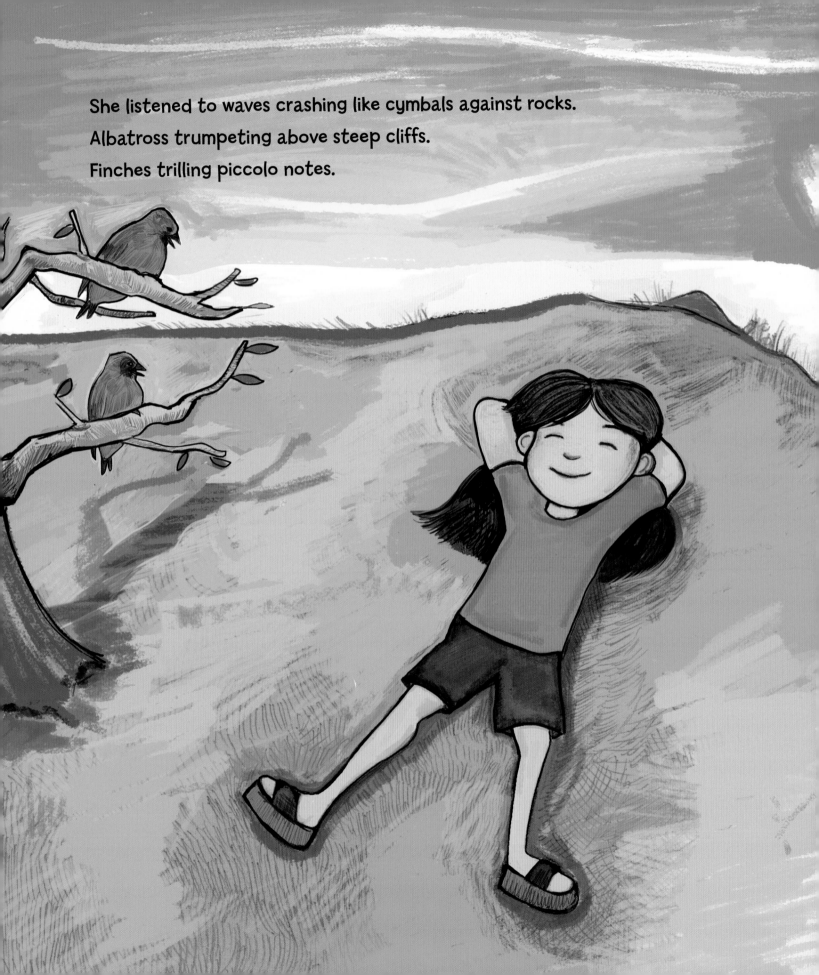

Escuchaba las olas, que sonaban como platillos
cuando estallaban contra las rocas.
El graznido de los albatros sobre los escarpados acantilados.
Los pinzones trinando como flautines.

And every day she danced.
Bopping up and down
with lava lizards.

Y todos los días, bailaba.
Moviendo la cabeza de arriba abajo
como las lagartijas de lava.

Stamping her feet with
blue-footed boobies.

Zapateando con los piqueros
de patas azules.

Twirling pirouettes
with sea lions.

Haciendo piruetas
con los lobos marinos.

One day, as Valentina fed fallen plums to the family's tortoises,
Papá told their story.
"A friend gave me Carlitos and Isabela when I moved to Floreana.
They were so small I could carry one in each pocket.
Giant tortoises still live on some Galápagos islands,
but on Floreana, pirates and whalers took them all for food."
"How sad," said Valentina.

Un día, mientras Valentina daba ciruelas caídas a las tortugas de la familia,
su papá le contó su historia:

—Un amigo me regaló a Carlitos e Isabela cuando me mudé a Floreana.
Eran tan pequeños que podía cargar a cada uno en un bolsillo.
Las tortugas gigantes aún viven en algunas de las islas de Galápagos,
pero en Floreana, los piratas y balleneros, que las usaban como alimento,
se las llevaron todas.

—¡Qué triste! —dijo Valentina.

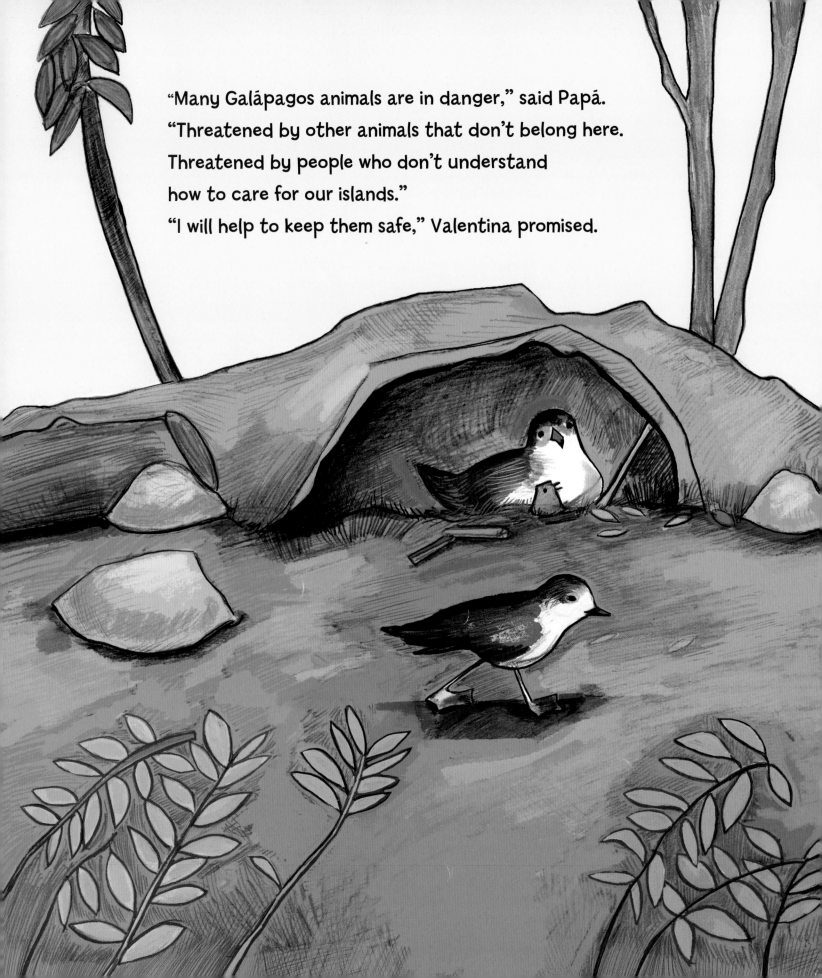

"Many Galápagos animals are in danger," said Papá.
"Threatened by other animals that don't belong here.
Threatened by people who don't understand
how to care for our islands."
"I will help to keep them safe," Valentina promised.

Su papá continuó:

—Muchos de los animales de Galápagos están en peligro a causa de animales que no pertenecen aquí. Y de personas que no saben cómo cuidar de nuestras islas.

—Yo ayudaré a protegerlos —prometió Valentina.

The time came when Valentina had to leave Floreana
to go far away to a new school.
"But, Mamá," she protested. "I am a Galápagos girl.
I belong here with the sea lions and penguins."
"You are ready to learn about the world beyond," said Mamá.
"Like the sea, you are strong and free."
"And like our islands, you have a heart full of fire," said Papá.

Luego llegó el momento en que Valentina tenía que marcharse
de Floreana para asistir a una escuela lejana.
—Pero mamá —protestó—. Soy galapagueña.
Mi lugar está aquí, con los lobos marinos y los pingüinos.
—Estás lista para aprender sobre el mundo más allá de Galápagos
—dijo mamá—. Eres fuerte y libre, como el mar.
—Y como nuestras islas, tienes un corazón de fuego —añadió papá.

When Valentina sailed away from Floreana,
she made a promise to the animals and her islands.
"I will not forget you," she said.
"And I will help to keep you safe."

El día en que Valentina partió de Floreana
les hizo una promesa a los animales y a sus islas:
—No los olvidaré —les dijo—.
Y ayudaré a protegerlos.

On school holidays, Valentina returned to the Galápagos.
She camped on remote islands to learn about
birds, insects, reptiles, fish, and mammals.
She studied in the wild and at school.

Durante sus vacaciones, Valentina volvía a Galápagos.
Acampaba en las islas más remotas para aprender sobre
los pájaros, los insectos, los reptiles, los peces y los mamíferos.
Estudiaba en la naturaleza y en la escuela.

Valentina became a biologist.
She came home to be a nature guide
and share her love of the Galápagos
with visitors from the world beyond.

Valentina se hizo bióloga.
Volvió a su isla para convertirse en
guía de la naturaleza y compartir
su amor por las islas Galápagos
con turistas de todo el mundo.

She taught them to see brilliant colors,
listen to the enchanting sounds
of the islands,
and swim with manta rays, dolphins,
and . . . *¡sí, pingüinos!*

Les enseñó a distinguir los colores
brillantes de las islas,
a escuchar sus sonidos encantadores
y a nadar con las mantarrayas,
los delfines y... *¡sí, los pingüinos!*

And when the plum trees were heavy with fruit,
the visitors watched Carlitos and Isabela return to Valentina's old home,
for the tortoises had not forgotten those tasty treats.

Y cuando los ciruelos se llenaban de frutos,
los turistas observaban a Carlitos e Isabela volver a su antiguo hogar,
porque las tortugas aún recordaban su delicioso sabor.

Because Valentina shared this magical world,
when the visitors sailed away,
they too made a promise to the animals and islands.
"We will not forget you.
And we will help to keep you safe."

Como Valentina había compartido este mundo mágico con ellos,
cuando los turistas se marchaban
ellos también hacían su promesa a los animales y las islas:
—No los olvidaremos.
Y ayudaremos a protegerlos.

Author's Note

In 2007, I visited the Galápagos Islands, where I met Valentina Cruz. *Galápagos Girl* was inspired by the stories Valentina shared with me about her childhood.

Valentina was born on her family's farm on Floreana in 1971. Her father, Eliecer Cruz Cevallas, was one of only a hundred people living on the Galápagos Islands in 1939. Valentina remembers her father as an adventurer with a love of books and nature. From him and her mother, Emma, she learned to love the Galápagos.

When Eliecer arrived in the Galápagos, Floreana tortoises were already extinct. However, Valentina did grow up with tortoises that had been brought to Floreana from other islands. The tortoise Isabela in the story was from Isabela Island. As of this writing, it is still alive and lives on Floreana under the care of the Galápagos National Park. The tortoise Carlitos was from Santa Cruz Island and died in the 1982–1983 El Niño event. Recently, scientists found tortoises near Wolf Volcano on Isabela Island that carry some of the genes of the Floreana tortoise. A project has been started to bring these tortoises back to Floreana, which will help the ecological restoration of the island.

Valentina and her entire family have always been involved in protecting the Galápagos, from a brother who was the first Galapagueño (person from the Galápagos) to head the Galápagos National Park, to a sister who is the director of an agency that helps control invasive species on the islands. When Valentina was only twelve years old, she volunteered at the Charles Darwin Research Station on school holidays. Operated by the Charles Darwin Foundation, the station is located on Santa Cruz Island and does scientific research and environmental education all over the Galápagos. Valentina's volunteer work involved camping on Floreana Island, studying the challenges facing the Galápagos petrel. After high school, Valentina studied with ornithologist Richard Harris Podolsky, PhD, on Pinta Island. Through these experiences, she knew she wanted to become a biologist. She studied biology at the University of Havana in Cuba. There she met her future husband, Lazaro Roque Albelo, PhD. They returned to the Galápagos, where they collaborated on many projects together, including research on hawk moths and invertebrates. Being a naturalist guide was Valentina's favorite role as a biologist. She enjoyed sharing her knowledge, experience, and respect for the Galápagos animals with visitors.

The animals and plants of the Galápagos are unique and fragile. Valentina's and my hope is that after reading this book, you too will say, "We will help to keep them safe."

Nota de la autora

En el año 2007, visité las islas Galápagos, donde conocí a Valentina Cruz. *Galapagueña* se inspiró en las muchas historias de su niñez que Valentina compartió conmigo.

Valentina Cruz nació en la granja de su familia en Floreana en 1971. Su padre, Eliecer Cruz Cevallas, era una de las cien personas que vivían en las islas Galápagos en 1939. Valentina recuerda que su padre amaba las aventuras, los libros y la naturaleza. Fueron él y su madre, Emma, quienes le enseñaron a Valentina a amar Galápagos.

Cuando Eliecer llegó a Galápagos, las tortugas gigantes de Floreana ya se habían extinguido. Aún así, Valentina creció con tortugas que se habían transportado a Floreana de otras islas. La tortuga Isabela de nuestra historia era de la isla Isabela. Mientras escribo esto, Isabela sigue viviendo en Floreana bajo el cuidado del Parque Nacional Galápagos. La tortuga llamada Carlitos era de la isla Santa Cruz y murió durante el fenómeno climático de El Niño, entre 1982 y 1983. Recientemente, algunos científicos hallaron tortugas que comparten material genético con la tortuga de Floreana cerca del volcán Wolf en la isla Isabela. Se ha lanzado un proyecto para restablecer estas tortugas en Floreana, lo cual ayudará a la restauración ecológica general de la isla.

Valentina y toda su familia siempre han protegido a Galápagos de una forma u otra: su hermano fue el primer galapagueño nombrado Director del Parque Nacional Galápagos, y su hermana es directora de una agencia que ayuda a controlar las especies invasoras en las islas. A los doce años, Valentina se ofreció como voluntaria en la Estación Científica Charles Darwin durante sus vacaciones de la escuela. La estación, que se halla bajo la dirección de la Fundación Charles Darwin y se encuentra en la isla Santa Cruz, realiza investigaciones científicas y dirige programas de educación medioambiental por todo Galápagos. Como voluntaria, Valentina acampó en la isla Floreana para estudiar los retos que enfrentaba en ese entonces el petrel de Galápagos. Después de culminar sus estudios secundarios, Valentina estudió con el ornitólogo Dr. Richard Harris Podolsky en la isla Pinta. Fue por medio de estas experiencias que Valentina llegó a la conclusión de que quería ser bióloga. Estudió biología en la Universidad de la Habana, en Cuba. Allí conoció a su futuro esposo, el Dr. Lázaro Roque Albelo. Juntos regresaron a Galápagos, donde colaboraron en varios proyectos, como su investigación de las polillas halcón y otros invertebrados. Sin embargo, la manera en que más le gustaba a Valentina ejercer sus estudios de biología era por medio de su trabajo de guía de la naturaleza. Disfrutaba compartir sus conocimientos y experiencia, tanto como fomentar entre los turistas el respeto hacia los animales de Galápagos.

Los animales y las plantas de Galápagos son únicos en el mundo y frágiles. Valentina y yo esperamos que una vez que hayan leído este libro ustedes también digan: "Ayudaremos a protegerlos".

About the Galápagos Islands

The Galápagos Islands lie in the Pacific Ocean, about six hundred miles off the coast of mainland Ecuador, South America. The thirteen major islands and more than one hundred small islands and rocks were formed by volcanoes. Only a few of the islands are home to humans.

Of the animals that journeyed to the Galápagos from different mainlands, few survived. Those that did evolved in unique ways as they adapted to conditions on their particular island. Thus, many of the islands' plants and animals are found nowhere else on Earth. A species that can be found in only one place is called endemic. Many Galápagos animals are endemic, including the Galápagos tortoise, Galápagos marine iguana, Galápagos blue butterfly, and Floreana mockingbird.

A growing population and an active tourist trade, as well as the world's changing climate, have greatly affected these vulnerable islands. Invasive species that have been introduced to the islands, such as goats, rats, and pigs, have also negatively impacted the distinct species that have called the islands home for thousands of years. For example, there are only 350 to 500 Floreana mockingbirds remaining in the world. Still, through the work of scientists and community-based conservation efforts, plants and animals like the Floreana tortoise and Floreana mockingbird may be restored to their original island homes.

Sobre las islas Galápagos

Las islas Galápagos se hallan en el océano Pacífico, a seiscientas millas de la costa de Ecuador, en Sudamérica. Están compuestas de trece islas mayores y cien rocas e islas menores, todas formadas por volcanes. Solo unas pocas islas están habitadas por seres humanos.

De los animales que se trasladaron a Galápagos de diferentes partes del continente, pocos sobrevivieron. Los que lo hicieron, evolucionaron en formas únicas para adaptarse a las condiciones de su isla particular. Por ello, muchos de los animales y las plantas de estas islas no se hallan en ninguna otra parte del mundo. Una especie que se halla sólo en un sitio se llama especie endémica. Muchos de los animales de Galápagos, como la tortuga gigante, la iguana marina, la mariposa azul y el cucuve de Floreana, son especies endémicas.

La sobrepoblación, el turismo y los cambios climáticos han tenido un efecto negativo importante sobre estas islas vulnerables. Las especies invasoras que se han introducido en las islas, como las cabras, las ratas y los cerdos, también han tenido un impacto negativo sobre las diferentes especies endémicas que han habitado las islas por miles de años. Por ejemplo, hoy en día hay solo 350 a 500 cucuves de Floreana en el mundo. A pesar de ello, por medio del trabajo de los científicos y de los esfuerzos de conservación de sus comunidades, plantas y animales como la tortuga gigante y los cucuves quizás puedan ser restaurados a sus hogares originales en las islas.

Fun Facts About the Galápagos Animals You Met in the Story

Datos curiosos sobre los animales de Galápagos que conociste en esta historia

Blue-footed boobies are marine birds that really do have blue feet! They are also known for their unusual and comical courtship displays. Pointing their beaks to the sky, they lift their feet, one at a time, as if they are dancing.

Los **piqueros de patas azules** son pájaros marinos ¡que de verdad tienen patas azules! También son conocidos por su inusual y cómico cortejo romántico, durante el cual apuntan sus picos al cielo mientras levantan las patas, uno a la vez, como si estuvieran bailando.

Bottlenose dolphins are the most frequently seen of several species of dolphins found in Galápagos waters. They travel in groups, communicate with squeaks and whistles, and find their prey through echolocation. Sometimes they swim with visitors or ride waves in front of boats. They can reach speeds of over 18 miles an hour when swimming.

Los **delfines nariz de botella** son los más comunes entre las varias especies de delfines halladas en las aguas de Galápagos. Se trasladan en grupos, comunicándose por medio de chasquidos y silbidos, y utilizan la ecolocalización para hallar su presa. A veces nadan con turistas o se deslizan sobre las olas frente a los botes. Pueden llegar a nadar a velocidades de más de 18 millas por hora.

Galápagos blue butterflies are alert and graceful, with a fast, fluttering flight. These very small butterflies are well adapted to the tiny flowers on the arid coasts.

Las **mariposas azules de Galápagos** son ágiles y elegantes, con un rápido aleteo. Estas pequeñísimas mariposas se han adaptado perfectamente a las diminutas flores que se encuentran a lo largo de las áridas costas.

Galápagos finches are also called Darwin's finches. They were named after the biologist Charles Darwin, who studied them during his visit to the islands in 1835. There are about 13 types of Galápagos finches on the islands. Their beaks are different shapes and sizes, depending on what they eat.

Los **pinzones de Galápagos** también llevan el nombre de pinzones de Darwin. Se les dio ese nombre en homenaje al biólogo Charles Darwin, quien los estudió durante su visita a las islas en 1835. Hay alrededor de 13 tipos de pinzones en las islas. Sus picos tienen diferentes formas y tamaños, conforme con su dieta.

Galápagos flamingos are long-legged wading birds that live together in salty pools or lagoons. They are filter feeders with rows of horny plates lining their beaks, straining food from the water, feeding on water bugs, plant seeds, and small crustaceans like brine shrimp. They eat only with their heads upside down! Their pink or reddish-orange color comes from carotenoids in their shrimp diet. On the Galápagos Islands, there are approximately 250 to 500 Galápagos flamingos.

Los **flamencos de Galápagos** son pájaros de largas patas que viven en grupos en estanques y lagunas saladas. Son aves filtradoras, que comen tomando grandes bocanadas de agua repleta de insectos acuáticos, semillas de algas y pequeños crustáceos como artemias, filtrando el agua a través de pequeñas láminas llamadas *lamelas* ubicadas en el borde del pico. ¡Y solo pueden comer con la cabeza invertida en el agua! Su brillante color rosa y rojo-anaranjado proviene de los carotenos que poseen las artemias que consumen. En las islas Galápagos se hallan aproximadamente 250 a 500 flamencos de Galápagos.

Galápagos green turtles are the only turtles that nest in the Galápagos. Unlike tortoises, they can't bring their heads into their shells, and their flippers stay outside their shells too. They are ocean wanderers and can swim thousands of miles.

Las **tortugas marinas verdes de Galápagos** son las únicas tortugas que anidan en Galápagos. A diferencia de las tortugas de tierra, no son capaces de esconder sus cabezas o sus aletas en sus caparazones. Viajan por todo el océano y pueden nadar por miles de millas.

Galápagos marine iguanas are the only modern lizard to forage in the sea. They graze on seaweed in algae beds. Some larger iguanas are great divers, diving up to 82 feet (25 meters), but most dive 6 to 16 feet (2 to 5 meters) in shallow water or just eat in the tide pools. Dives can last up to 45 minutes. Because these reptiles swallow lots of seawater with their food, they have glands connected to their noses that help them get rid of salt by sneezing.

Las **iguanas marinas de Galápagos** son los únicos lagartos modernos que dependen del medio ambiente marino. Se alimentan pastando en los lechos de algas marinas. Algunas de las más grandes son excelentes buceadoras, capaces de zambullirse en hasta 82 pies (25 metros) de agua. Pero la mayoría se zambullen en 6 a 16 pies (2 a 5 metros) de agua poco profunda, o simplemente se alimentan en pozas de marea. Pueden permanecer bajo el agua por hasta 45 minutos. Estos reptiles tragan tanta agua de mar con su comida que tienen glándulas conectadas a sus narices que les permiten estornudar para despedir el exceso de sal marina.

Galápagos penguins are considered by some to be the rarest penguins in the world; approximately 1300 to 1600 were estimated in the 2017 census. They are one of the smallest species of penguins, standing fewer than 20 inches (50 centimeters) high, and live on the equator, farther north than any other penguin. They nest inside caves or crevices of old lava tubes, where the temperature is cool enough for their eggs.

Los **pingüinos de Galápagos** son considerados la especie de pingüinos más rara del mundo: el censo del 2017 estimó que existen aproximadamente 1300 a 1600 de ellos. También son la especie más pequeña de pingüino en el mundo, con alturas de menos de 20 pulgadas (50 centímetros), y viven en el ecuador, más al norte que cualquier otro pingüino. Anidan dentro de cuevas, o en grietas dentro de tubos de lava, donde la temperatura es suficientemente fresca para mantener sus huevos.

Galápagos petrels have long wings and take their food from the surface of the ocean. They nest on the ground, which creates a challenge for their survival, as rats and other mammals often eat their eggs.

Los **petreles de Galápagos** tienen largas alas y pescan en la superficie del océano. Anidan sobre la tierra, lo cual representa un reto para su supervivencia, ya que ratas y otros mamíferos frecuentemente se alimentan de sus huevos.

Galápagos sea lions are the most abundant marine mammal in the Galápagos. They are commonly seen basking on sandy beaches, but they also enjoy rocky places with tide pools, where they keep cool. In the water, they spin like acrobats and can remain underwater for an average of 8 to 20 minutes. Their eyesight and hearing are better underwater. Sea lions are curious and often approach swimmers to play.

Los **lobos marinos de Galápagos** son los mamíferos marinos más abundantes de las islas. A menudo, se pueden hallar echados al sol en las playas arenosas, aunque también disfrutan los lugares rocosos, como las pozas de marea, donde acuden a refrescarse. En el agua, giran como acróbatas y pueden permanecer debajo de ella por un promedio de 8 a 10 minutos. Ven y oyen mejor bajo el agua. Son muy curiosos y frecuentemente se aproximan a los nadadores que encuentran para jugar con ellos.

Galápagos tortoises have lived in the Galápagos for 2 million to 3 million years. They can live to be more than 150 years old and can go for months without eating and drinking. They are also the world's largest tortoises. Today approximately 4 of the identified 15 original species of Galápagos tortoises are extinct. Depending on where they live and what they eat, tortoises have three different types of shells—domed, saddleback, and intermediate.

Las **tortugas gigantes de Galápagos** han habitado las islas por 2 o 3 millones de años. Pueden vivir hasta 150 años y pasar meses sin comer o tomar agua. Son las tortugas más grandes del mundo. Aproximadamente 4 de las 15 especies originales de tortugas gigantes identificadas se han extinguido. Las tortugas tienen tres tipos de caparazones diferentes, dependiendo de dónde viven y lo que comen: en forma de domo, en forma de silla, e intermedia, que posee características de las otras dos.

Lava lizards love to bask in the sun on lava rocks. At night, they enter cozy nests made of soil and leaves in the cracks of the rocks. There are about seven species of lava lizards on the Galápagos. Both male and female lizards do pushups to defend their territory. The pushup patterns differ from island to island.

A las **lagartijas de lava** les encanta tomar el sol en las rocas volcánicas. De noche vuelven a sus cálidos nidos de tierra y hojas, que se hallan en las grietas de las rocas. Existen aproximadamente siete especies de lagartijas de lava en Galápagos. Ambos machos y hembras flexionan las patas delanteras, subiendo y bajando su cuerpo para defender su territorio. Los movimientos particulares de las patas varían de isla a isla.

Manta rays are sometimes called sea birds, as their fins move up and down beautifully as they swim. They are filter feeders, feeding on plankton and fish larvae as water passes through their gills. Gentle and curious around humans, the manta rays often swim with divers in the ocean.

Las **mantarrayas** parecen hermosas aves marinas cuando se deslizan por el agua subiendo y bajando sus enormes aletas. Son una especie filtradora, que se alimenta de plancton y peces pequeños cuando el agua pasa por sus branquias. Las mantarrayas son seres amables y curiosos, por lo que a menudo se les halla en el océano nadando cerca de buceadores.

Sally Lightfoot crabs, also known as red rock crabs, dot the windy rocks of the Galápagos, often next to or on top of marine iguanas. They move quickly and are fun to watch.

Las **zapayas** se hallan en las rocas de las costas ventosas de Galápagos, frecuentemente cerca o sobre iguanas marinas. Se deslizan muy rápidamente lo cual hace que observar sus movimientos sea muy divertido.

Waved albatross, sometimes called Galápagos albatross, are the largest birds on the Galápagos, weighing 6 to 9 pounds (3 to 4 kilograms) and having a wingspan of up to 8 feet (2.5 meters). Their breast and side feathers have waved patterns—that's how they got their name. Graceful in flight, they can glide for days over the open ocean, but they are comical on the ground, often stumbling when they land and waddling when they walk. They can live as long as 50 years.

El **albatros ondulado**, también llamado albatros de Galápagos, es el ave más grande de Galápagos. Pesa de 6 a 9 libras (3 a 4 kilogramos) y sus alas pueden extenderse hasta 8 pies (2.5 metros) de una punta a la otra. Recibe su nombre por el dibujo en forma de olas que exhiben las alas de su pecho y sus costados. Con su elegante vuelo, son capaces de planear sobre el mar abierto por días enteros, pero una vez en tierra, se convierten en seres cómicos, que fácilmente tropiezan cuando tratan de aterrizar y caminan como patos. Pueden llegar a vivir hasta 50 años.

To learn more about all the animals and plants on the Galápagos Islands and how you can help keep them safe, visit the Charles Darwin Foundation at darwinfoundation.org.

Para aprender más sobre todos los animales y las plantas de las Islas Galápagos y sobre cómo tú también puedes ayudar a su supervivencia, visita la página web de la Fundación Charles Darwin: darwinfoundation.org/es.

Bibliography

Cayot, Linda J., PhD, Galapagos Conservancy. Email correspondence, March 9, 2018.

Constant, Pierre. *Galápagos: A Natural History Guide*. 7th ed. Hong Kong: Odyssey Books & Guides, 2013.

Cruz Bedon, Valentina. Email correspondence and video interviews, 2009 to 2018.

De Roy, Tui. *Galápagos: Preserving Darwin's Legacy*. 2nd ed. London/New York: Bloomsbury Natural History, 2016.

De Roy, Tui, Mark Jones, and Julie Cornthwaite. *Penguins: The Ultimate Guide*. 2013. Reprint, Princeton, NJ: Princeton University Press, 2014.

Encyclopedia of Life. "Galapagos Marine Iguana." Accessed March 27, 2018. http://eol.org/pages/795986/details.

Fessl, Birgit, PhD, Charles Darwin Foundation. Email correspondence, August 7, 2017; October 30, 2017; March 8, 2018.

Fitter, Julian, Daniel Fitter, and David Hosking. *Wildlife of the Galápagos*. 2000. Reprint, Princeton, NJ: Princeton University Press, 2016.

Galapagos Conservancy. "Extinct Floreana Tortoise Species is being Resurrected in the Galapagos Islands." September 13, 2017. https://galapagos.org/newsroom/floreana-tortoise-species-resurrection.

———. "Giant Tortoises." Accessed March 27, 2018. https://www.galapagos.org/about_galapagos/about-galapagos/biodiversity/tortoises.

———. "Six Tortoises with Floreana Tortoise Ancestry Hatch from New Captive Breeding Program." December 1, 2017. https://www.galapagos.org/newsroom/floreana-tortoise-hatchlings.

Galápagos Conservation Trust. "Galapagos Green Turtle." Accessed March 27, 2018. https://galapagosconservation.org.uk/wildlife/galapagos-green-turtle.

Jiménez-Uzcátegui, Gustavo, DVM, Charles Darwin Foundation. Email correspondence, October 27, 2017; October 30, 2017; March 6, 2018; March 7, 2018; March 8, 2018.

Lynch, Wayne. *Galapagos: A Traveler's Introduction*. Buffalo, NY: Firefly Books, 2018.

National Geographic. "Galápagos Tortoise." Accessed March 27, 2018. https://www.nationalgeographic.com/animals/reptiles/g/galapagos-tortoise.

Ortiz-Catedral, Luis, Massey University. Email correspondence, November 5, 2017; March 7, 2018.

Stine, Megan. *Where Are the Galapagos Islands?* New York: Grosset & Dunlap, 2017.